おしごとのおはなし　まんが家《か》

ゆめはまんが家！

小林《こばやし》深《み》雪《ゆき》 作
今日《きょう》マチ子《こ》 絵

講談社

まんが家《か》って、すごいんだ。

白《しろ》い紙《かみ》に、ペンでやわらかな線《せん》をすっと引《ひ》くだけで、風《かぜ》が起《お》こる。木々《きぎ》がゆれる。草原《そうげん》がざわめく。花《はな》がさく。

たてに細《こま》かい線《せん》を引《ひ》けば、たちまち雨《あめ》がふる。水《みず》たまりができる。水《みず》しぶきが上《あ》がる。青《あお》い空《そら》に虹《にじ》が出《で》る。

女《おんな》の子《こ》が笑《わら》う、走《はし》る。髪《かみ》がゆれる。息《いき》がはずむ。

海外《かいがい》や宇宙《うちゅう》、過去《かこ》や未来《みらい》にだって、行《い》きたいところにどこへでも行《い》ける。

見《み》たことのない天使《てんし》や、妖精《ようせい》とでも、どんな動物《どうぶつ》とだって、友達《ともだち》になれる。

空《そら》も飛《と》べる、魔法《まほう》も使《つか》える。なんだってできる。

一枚《まい》の紙《かみ》と
一本《ぽん》のペンで、
世界《せかい》が目覚《めざ》める。
すべてが始《はじ》まる。
まんが家《か》って、
まるで神《かみ》さまみたいだ。

「ゆめ。原稿《げんこう》のコピーをとって。」

「はい！」

先生《せんせい》から、うやうやしく、まんがの原稿《げんこう》を受《う》けとる。

プロのまんが家《か》の原稿《げんこう》って、どうしてこんなに、きれいなんだろう。じょうずなんだろう。

見《み》るたびにびっくりしちゃうし、よごしちゃいけないって思《おも》うと、ドキドキ、
きんちょうしちゃうよ。

わたし、天海《あまみ》ゆめ。

小学三年生《しょうがくさんねんせい》。

九さいになったばかり。

将来《しょうらい》の夢《ゆめ》は
まんが家《か》になること。
そして、
なんと、いま、
プロのまんが家《か》の
アシスタントを
しているの！

小学《しょうがく》三年生《ねんせい》なのに、なぜかって？

そのわけは、ある日《ひ》の放課後《ほうかご》にさかのぼるんだ。

それは、わたしが、いちばん仲《なか》よしのお友達《ともだち》、一花《いちか》ちゃんとケンカしちゃった日《ひ》。

教室《きょうしつ》で、帰《かえ》りのしたくをしていたら、

「ゆめちゃん。これ、すっごくおもしろかった。ありがとう。」

一花《いちか》ちゃんが、わたしがかしていたまんがの単行本《たんこうぼん》を返《かえ》してくれたんだ。

「主人公《しゅじんこう》は名前《なまえ》だけじゃなくて、ゆめちゃんに顔《かお》もにているんだね！　びっくり。」
「そうなの！
すごい
ぐうぜんでしょ。」
西美枝子先生《にしみえこせんせい》のかいた、
『ゆめのフェアリーブック』。
そう！
わたしと同《おな》じ名前《なまえ》の、
ゆめちゃんという
女《おんな》の子《こ》が主人公《しゅじんこう》なんだよ。

まんが雑誌《ざっし》で連載《れんさい》が始《はじ》まって、タイトルにひかれて読《よ》みはじめたら、内容《ないよう》もすごくおもしろかったんだ。

主人公《しゅじんこう》のゆめちゃんが、水《みず》の精《せい》や花《はな》の精《せい》、風《かぜ》の精《せい》や大地《だいち》の精《せい》など、たくさんの妖精《ようせい》とお友達《ともだち》になって『妖精図鑑《ようせいずかん》』を完《かん》成《せい》させるというストーリーなの。その図鑑《ずかん》を完成《かんせい》させないと、世界《せかい》にわざわいが起《お》こってしまう。だから、ゆめちゃんは、どんな困難《こんなん》にも負《ま》けずにがんばるんだ。

「わたしね、ゆめちゃんが空《そら》を飛《と》ぶシーンが好《す》きなの！」

左右《さゆう》のページをいっぱいに使《つか》って、お花畑《はなばたけ》の上《うえ》を、ゆめちゃんと花《はな》の妖精《ようせい》たちがふわふわと飛《と》んでいる、夢《ゆめ》みたいにきれいなシーンなんだ。

ところが、一花《いちか》ちゃんに見《み》せようと、そのページを開《ひら》いたら、なんと、左《ひだり》ページのはしっこが三センチくらい、やぶれていたの！

「ひどい！　やぶれてる！」

わたし、大声《おおごえ》をあげちゃった。

ものすごくショック。

だって、一巻《かん》が発売《はつばい》されて買《か》ったばかりで、すっごく大切《たいせつ》にしていたんだもん。本《ほん》だなの上《うえ》のほうにしまって、幼稚園《ようちえん》に通《かよ》う弟《おとうと》にも、ぜったいにさわらせなかったんだから。

一花《いちか》ちゃんだからって、とくべつにかしたのに。

「ちがう。わたしじゃないよ。それ、かりたときからやぶれてたもの。」

一花《いちか》ちゃんが、あわてて言《い》った。

「そんなことない。かす前《まえ》は、ちゃんとしてた。一花《いちか》ちゃん、ひどいよ。なんで、そんなウソつくの？　正直《しょうじき》に言《い》ってくれればいいじゃない！」

言《い》いながら、どんどん気持《きも》ちが高《たか》ぶってくる。

「だって、ほんとに知《し》らないもん。わたしじゃない。」

「正直《しょうじき》に言《い》ってよ。知《し》らんぷりするなんて、ずるくない？」

わたしの言葉《ことば》に、一花《いちか》ちゃんの顔《かお》がこわばった。

「ゆめちゃん。どうして、わたしのこと信《しん》じてくれないの？ 自分《じぶん》がやぶったなら、ちゃんとそう言《い》ってあやまるよ。べんしょうだってするよ……。」

ものすごく傷《きず》ついた表情《ひょうじょう》。

「じゃあ、だれがやぶったの？ ほかにいないじゃない！」

そう言《い》うと、一花《いちか》ちゃんの目《め》に、みるみるなみだがたまって、ぽろぽろっと、ほおに転《ころ》がった。

あ、言《い》いすぎた。と、思《おも》ったときはおそかった。

「ゆめちゃんなんか、ゆめちゃんなんか、大《だい》っきらい！」

一花《いちか》ちゃんはわたしに背《せ》を向《む》けると、教室《きょうしつ》を走《はし》って出《で》ていった。

「あ、待《ま》って！」

あわてて、一花《いちか》ちゃんを追《お》いかけようとして、ろうかに出《で》たところで、「きゃ！」足《あし》がもつれて転《ころ》んでしまった。

いたた……。ひざをさすりながら立《た》ちあがったけど、ろうかをかけていく一花《いちか》ちゃんの背中《せなか》は、みるみる遠《とお》くなっていった。

そのようすを、クラス委員《いいん》のレイカちゃんたちが冷《つめ》たい目《め》で見《み》ていたことに、このときは気《き》がついていなかったんだ。

「もなか。わたし、ケンカしちゃった。」

ねこのもなかをだきあげてひざにのせると、話《はな》しかけた。

毛《け》の色《いろ》が、もなかのかわそっくりだから、わたしがそう名前《なまえ》をつけたんだよ。

「あ〜あ。自分《じぶん》で自分《じぶん》がいやになる。」

家《いえ》に帰《かえ》ってきてから、ため息《いき》ばっかり。

一花《いちか》ちゃんとは、家《いえ》が近《ちか》くて幼稚園《ようちえん》から、ずっと仲《なか》よし。おとなしくて、まじめで、いつもニコニコしていて、とってもやさしい女《おんな》の子《こ》なんだよ。

一花《いちか》ちゃん、ないてた……。思《おも》いだすと胸《むね》がいたくなる。

でも、一花《いちか》ちゃんじゃないなら、だれがこんなことしたっていうの？

思《おも》わず、リビングの窓《まど》から空《そら》を見《み》あげる。

空《そら》は、オレンジやブルーやラベンダーのセロファンを重《かさ》ねあわせたような夕暮《ゆうぐ》れ。庭《にわ》の木々《きぎ》の葉《は》っぱの間《あいだ》から、うっすらと白《しろ》い月《つき》がさびしげに光《ひか》ってる。

なんだか、たまらなくなって、もなかをぎゅうっと、だきしめた。

「ゆめ、ただいま。」

「お姉《ねえ》ちゃん、ただいま。」

夕食《ゆうしょく》の買《か》い物《もの》に行《い》っていた、ママと弟《おとうと》のゆうが帰《かえ》ってきた。

「はい、『コサージュ』の今月号《こんげつごう》、買《か》ってきたわよ！」

「わあ、ママ、ありがとう！」

「コサージュ」は、「ゆめのフェアリーブック」を連載《れんさい》してる月刊誌《げっかんし》なの。毎月《まいつき》、発売日《はつばいび》をとっても楽《たの》しみにしているんだ。

わたしは、いそいで雑誌《ざっし》をめくる。

もちろん、いちばんに続《つづ》きが読《よ》みたいから。前回《ぜんかい》、すっごくいいとこで終《お》わったんだよ。

今回《こんかい》ついにゆめちゃんが初《はじ》めて妖精《ようせい》と出会《であ》ったときのエピソードが明《あき》らかになるんだけど、読《よ》んでみて、はっとした。

「ママ！　たいへん！」

「どうしたの？」

「わたしのことがかいてある！」

わたしは、びっくり。じつは、五さいのとき、庭《にわ》の紫陽花《あじさい》の上《うえ》に、背中《せなか》に羽《はね》のある妖精《ようせい》がすわっているのを見《み》たことがあるの。そのふしぎな体験《たいけん》がそのままかいてある。

ど、どうして？

家族《かぞく》にしか言《い》ったことがないのに。わたしのひみつなのに。

ママが、ふふふと笑《わら》う。

「ねえ、ママ、なにか知《し》ってるの？」

なんだか、あやしいなあ。

「それより、ゆうがあやまりたいことがあるんですって。ほら、ちゃんとあやまりなさい！」

ママに背中《せなか》をおされて、ゆうが頭《あたま》を下《さ》げた。

「お姉《ねえ》ちゃん、ごめんなさい。ぼく、お姉《ねえ》ちゃんの大切《たいせつ》にしてるまんがをやぶっちゃった。」

「え！」

すっごくおどろいた。

「お姉《ねえ》ちゃんが見《み》せてくれないから、いすに登《のぼ》って本《ほん》だなから取《と》り出《だ》したの。でも、そのとき、うっかりやぶいちゃって。わざとじゃないよ。おこられるのがこわくて、そのまま、知《し》らんぷりして本《ほん》だなにもどしちゃった。」

え〜！　犯人《はんにん》はゆうだったの？

「やだ。どうしよう。」

ああ、本《ほん》をかすときに中《なか》を確認《かくにん》すればよかった。

わたし、一花《いちか》ちゃんに、ひどいこと言《い》っちゃった。

ああもう、ゆめのばか。わたしってすぐにカッとなっちゃうんだから。短気《たんき》なのは、わたしの欠点《けってん》。

どうしよう、一花《いちか》ちゃんに、なんてあやまればいいんだろ。

「ねえ、お姉《ね》ちゃん、おこらないの？」

ゆうがふしぎそうな顔《かお》で、わたしのことを見《み》あげてる。

「いつもすぐに頭《あたま》をぶって、ガミガミおこるのに。だから、言《い》えなかったのに。」

「ゆう。ごめんね、もうぶたない。おこらない。」

わたしの言葉《ことば》に、ゆうがぽかんとした顔《かお》をしてる。

だって、それどころじゃないんだもん。

ああ、わたしって、ほんとにだめだ。

一花《いちか》ちゃんに、あやまらなくちゃ！

翌日《よくじつ》。わたしは一花《いちか》ちゃんにあやまりたくて、いつもより早《はや》めに小学校《しょうがっこう》に行《い》ったんだ。

あ、来《き》た！　一花《いちか》ちゃんだ！

教室《きょうしつ》に入《はい》ってきた一花《いちか》ちゃんにかけよって、

「おはよう！　あのね！」

声《こえ》をかけたんだけど、一花《いちか》ちゃんは、わたしの横《よこ》をすっと通《とお》りすぎて、席《せき》についた。

「え？」

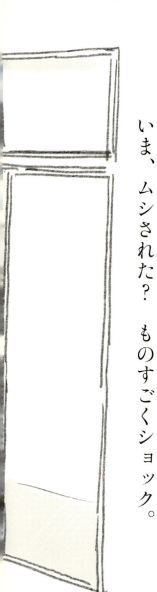

いま、ムシされた？　ものすごくショック。

月 日 ( )
日直
山川
星野
おしらせ

「一花《いちか》ちゃん？」

もう一度《いちど》、声《こえ》をかけようと歩《ある》きかけると、

「ゆめ、きのう、一花《いちか》ちゃんのこと、なかしたでしょ？　わたしたち、ぜんぶ、聞《き》いてたんだからね。」

クラス委員《いいん》のレイカちゃんたち三人組《にんぐみ》に前《まえ》をふさがれた。

レイカちゃんは成績《せいせき》も運動神経《うんどうしんけい》もよくて、いつも堂々《どうどう》としている。クラスのリーダー的存在《てきそんざい》なんだ。

「あ、だから、あやまりたくて。」

「あやまればいいってもんじゃないでしょ？」

レイカちゃんたちが口々《くちぐち》に言《い》った。

「一方的《いっぽうてき》に悪者《わるもの》あつかいされて、一花《いちか》ちゃんはすごく傷《きず》ついたんだからね。」
「ゆめは一花《いちか》ちゃんを信《しん》じて
なかったんでしょ?
そんなの友達《ともだち》じゃ
ないよ。」
「だから、当分《とうぶん》の間《あいだ》、
一花《いちか》ちゃんに
話《はな》しかけないで!」
レイカちゃんたちの
けんまくに、
教室中《きょうしつじゅう》がしんとなる。

「きょうは、体育館《たいいくかん》で朝礼《ちょうれい》だよ。一花《いちか》ちゃん、行《い》こ。」

レイカちゃんたちが、一花《いちか》ちゃんをさそって出《で》ていく。わたしには、だれも声《こえ》をかけてくれなくて、教室《きょうしつ》にぽつん、たったひとり取《と》り残《のこ》される。

指《ゆび》の先《さき》が、どんどん冷《つめ》たくなっていく。

ひとりぼっち。そう気《き》がついたら、胸《むね》がぎゅうっとしぼられて、のどがつまってひとみがうるんできた。胸《むね》がいたいよ。そして、そのいたみがなみだになって、目《め》のふちから転《ころ》がり出《だ》してきた。

だめ。ないたらだめって思《おも》うけど、なみだはあふれて、つうっとほっぺたをつたって、ぽつん、机《つくえ》の上《うえ》に落《お》ちた。

「もうやだ。明日《あした》から学校《がっこう》に行《い》きたくない……。」

家《いえ》に帰《かえ》ってから、ママにぜんぶ、話《はな》したの。

一花《いちか》ちゃんを一方的《いっぽうてき》にせめたこと、そのせいで、クラスで仲間《なかま》はずれになっていること。

きょうは放課後《ほうかご》まで、ずっとひとりぼっちだったこと。

ママに話《はな》すだけ話《はな》すと、

「ちょっと。ゆめ！」

なにか言《い》いたそうなママの声《こえ》をムシして、自分《じぶん》の部屋《へや》に飛《と》びこんでドアをしめちゃった。

ねえ、一花《いちか》ちゃん、もう、わたしと口《くち》もきいてくれないの？

あんなに仲《なか》よしだったのに、もうゆるしてくれないの？

それに、
レイカちゃんたちも
ひどいよ。
関係《かんけい》ないのに、
なんていじわるなの。

悲《かな》しくて、さびしくて、くやしくて、まぶたのうらが熱《あつ》くなってきた。ベッドになきふしていると、

「ゆめ、ひさしぶり！」

ドアが開《あ》いて、いとこの絵子《えこ》ちゃんが入《はい》ってきた。

「絵子《えこ》ちゃん！」

ママのお姉《ねえ》さんのむすめで、美術大学《びじゅつだいがく》に通《かよ》う大学生《だいがくせい》なの。

絵《え》がとってもじょうずなんだよ。

「ママから、ぜんぶ聞《き》いたわよ。」

「……うん。」

わたしは、顔《かお》をあげて、ハンカチでなみだをふく。

「でも、クラスの関係《かんけい》ない子《こ》たちまで、ゆめを仲間《なかま》はずれにするのは、ひどいわよね。」

「ねえ、わたし、どうしたらいい？」

「ゆめは一花《いちか》ちゃんと仲《なか》なおりしたいんでしょ？」

「したい。口《くち》をきいてくれないなら、お手紙《てがみ》を書《か》こうかな？」

「ゆめは、まんがをよむのがすきよね？　手紙《てがみ》じゃなくて、まんがをかいて、わたしたら？　きっとびっくりするわよ。」

「まんが？　ええ！　そんなのムリ！」

「いきなり長編《ちょうへん》まんがをかくのはむずかしいけど、四コマまんがならかけるんじゃない？」

「四コマまんが？」

「そう、まんがの基本《きほん》だし。かいてみようよ。ほら、教《おし》えてあげるから。」

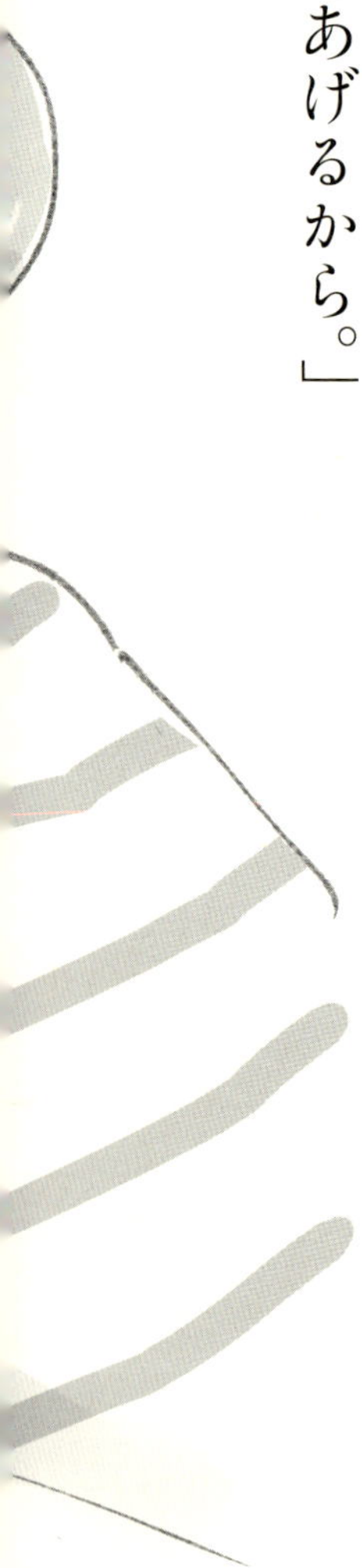

絵子《えこ》ちゃんが
トートバッグから
スケッチブックと
黒《くろ》のサインペンを取《と》り出《だ》して、
わたしの勉強机《べんきょうづくえ》の上《うえ》におく。

「まずは、四コマで物語《ものがたり》の作《つく》りかたを勉強《べんきょう》しよう。それぞれのコマを起《き》・承《しょう》・転《てん》・結《けつ》にすればいいのよ。知《し》ってる?」

「知《し》らない。」

「起《き》・承《しょう》・転《てん》・結《けつ》は物語《ものがたり》の基本《きほん》なの。じゃあ、ひとつずつ説《せつ》明《めい》するね。」

絵子《えこ》ちゃんがじょうぎを出《だ》して、黒《くろ》のサインペンですっすっと四コマのわくをかいた。

「まず、ひとコマ目《め》は、起《き》。物語《ものがたり》が起《お》こるという意味《いみ》の起《き》ね。どういう場所《ばしょ》に、どんなキャラクターがいて、どういうお話《はなし》が始《はじ》まるかを、ここで説明《せつめい》するの。」

「じゃあ、わたしと一花《いちか》ちゃんがケンカするところから始《はじ》めようかな。」

ひとコマ目《め》に、わたしは、自分《じぶん》と一花《いちか》ちゃんをかく。

ゆめ『わたしの本《ほん》をやぶるなんて、ひど～い！』

一花《いちか》『わたしはやってないよ！』

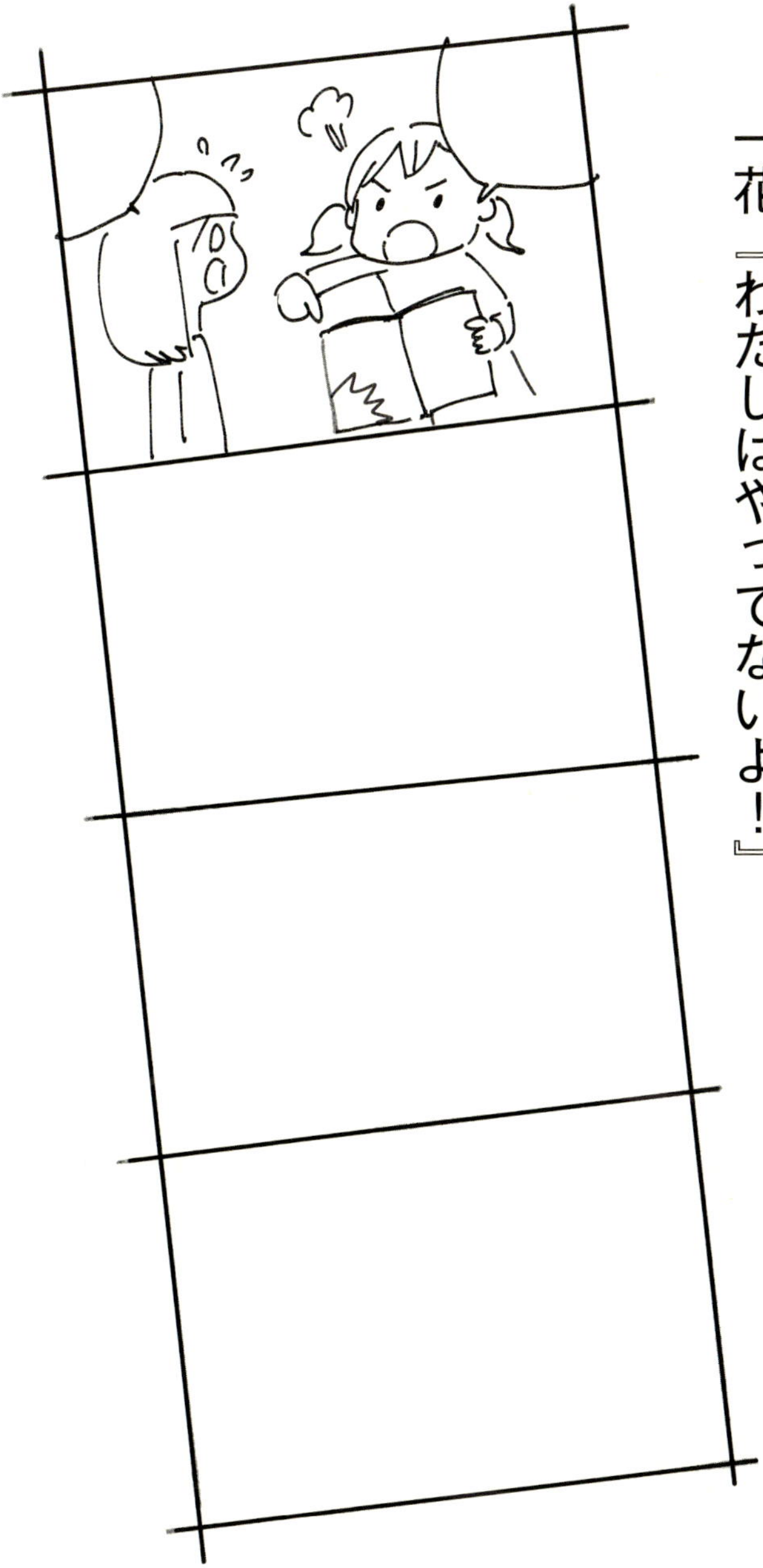

「うまい、うまい。感《かん》じ出《で》てるじゃない。」

「ほんと?」

「うん。次《つぎ》は、ふたコマ目《め》。承《しょう》は、受《う》けるっていう意味《いみ》で、起《き》のコマを受《う》けて話《はなし》が少《すこ》し進《すす》むのね。新《あたら》しいキャラを出《だ》してもいいわよ。」

「えっと、じゃあ、弟《おとうと》が出《で》てきて、真犯人《しんはんにん》がわかる。」

ふたコマ目《め》で、場面《ばめん》をかえて弟《おとうと》と自分《じぶん》をかく。

ゆう『お姉《ねえ》ちゃん、ぼくがやぶったの。ごめんなさい。』

ゆめ『ショック。一花《いちか》ちゃんにひどいこと言《い》っちゃった~。』

「うん、いい感《かん》じ。三コマ目《め》は転《てん》。そう、転《ころ》がるっていう意《い》味《み》よ。物語《ものがたり》のいちばんもりあがる部分《ぶぶん》ね。最初《さいしょ》のふたコマから話《はなし》のながれがかわって、おどろくようなことが起《お》こる。意《い》外性《がいせい》がだいじよ。」

「う~ん。意外性《いがいせい》かぁ。むずかしいなあ。そうだ!」

ゆめ『タイムマシンにのって、あの日《ひ》の放課後《ほうかご》にもどってやりなおしたい! しゅっぱ~つ。』

「タイムマシン? ゆめらしいね。そして、四コマ目《め》の結《けつ》は結《むす》ぶって意味《いみ》ね。転《てん》をふまえて、オチをつけるの。オチっていうのは、話《はなし》をまとめて、おもしろく終《お》わらせることよ。」

ゆめ『一花《いちか》ちゃん、おこってごめんなさい!』

幼稚園児《ようちえんじ》の一花《いちか》『え? お姉《ねえ》さん、だれ?』

タイムマシン、もどりすぎた~!

「あはは。なかなか、うまいじゃない。」

「ほんと？　それは、絵子《えこ》ちゃんが、教《おし》えるのがうまいからだよ。」

「あら、だって、わたし、プロのまんが家《か》だもの。」

絵子《えこ》ちゃんが、いたずらっぽく目《め》をくりくり動《うご》かしてから続《つづ》けて言《い》った。

「気《き》がつかなかった？　『ゆめのフェアリーブック』をかいているのは、わたしよ。」

「えええ～！」

わたし、あんまりびっくりしたから、大声《おおごえ》でさけんで、ガタン！　音《おと》を立《た》てて、いすから立《た》ちあがっちゃった。

ゆめのフェアリーブック

「そんな、まさか絵子《えこ》ちゃんだったなんて！」

「ペンネームにも、ヒントがかくしてあったのに。わたしのフルネームは？」

「えっと、絵子《えこ》ちゃんのフルネームは、西見絵子《にしみえこ》。にしみ・えこ。にし・みえこ。西美枝子先生《にしみえこせんせい》！　ああ～、どうして気《き》がつかなかったんだろう！　わたしってばかばかばかばか。」

「ふふふ。ゆめが、いつ気《き》がつくのかなって楽《たの》しみにしてたのに。主人公《しゅじんこう》は、ゆめをモデルにしたんだから。」

「わあ、ほんとにそうだったんだ！」

「ごめんね、いままでだまっていて。ゆめをおどろかせたくて。」

「じゅうぶん、おどろいたよ～。すごい、すごい！　でも、かんげき！　絵子《えこ》ちゃん、すご～い！」

「ゆめのママから聞《き》いた話《はなし》をヒントに妖精《ようせい》が出《で》てくるまんがをかいて新人賞《しんじんしょう》に応募《おうぼ》したら、デビューが決《き》まって、連載《れんさい》にまでなったの。ゆめ、ありがとうね。」

絵子《えこ》ちゃんが、トートバッグから単行本《たんこうぼん》を取《と》り出《だ》した。

「はい、あげるね。ゆうが、やぶいちゃったんでしょ？」

「そうか、それで、ママ、ニヤニヤしてたんだ。」

「口止《くちど》めしてたから、ママにもんくは言《い》わないでね。さ、一《いち》花《か》ちゃんのところに、いっしょにあやまりに行《い》こう！」

「でも。会《あ》ってくれるかな。わたしのこと、もうきらいなんじゃ……。」

教室《きょうしつ》でムシされたしゅんかんを思《おも》いだすと、足《あし》がすくむ。

「勇気《ゆうき》を出《だ》して！　まんがのゆめちゃんは世界《せかい》のためにがんばっているでしょ？」

そう、まんがのゆめちゃんは、どんな困難《こんなん》にもくじけずに立《た》ちむかっていく。けっしてあきらめない。

「そうだよね。わたしも勇気《ゆうき》を出《だ》さなきゃ！」

わたしだって、がんばる。

まんがのゆめちゃんみたいに。

「ゆめちゃん……。」

家《いえ》をたずねると、玄関《げんかん》に一花《いちか》ちゃんが出《で》てきてくれた。

一花《いちか》ちゃんの顔《かお》を見《み》たとたんに、いろんな気持《きも》ちがいっぺんにおしよせてきて、なんだかまた、ないちゃいそうになる。

「一花《いちか》ちゃん、ほんとにごめんね。わたし、おわびのまんがをかいたの。読《よ》んでみて！」

いきおいよく頭《あたま》を下《さ》げて、四コマまんがをかいた紙《かみ》を両手《りょうて》で差《さ》し出《だ》した。

四コマまんがのタイトルは、「ふたりは仲《なか》よし〜一花《いちか》とゆめ」。

一花《いちか》ちゃんが、ぽかんとしている。

「これ、わたしたちのまんがなの？
ゆめちゃんがかいてくれたの？
すご～い。じょうず！」
「えへへ。」
なんだかテレくさい。
「わ、キャラがかわいい。
すごいうれしい。」
一花《いちか》ちゃんが、四コマまんがを
読《よ》みすすめて、くすりと笑《わら》った。
「やだ。本《ほん》をやぶいたの、ゆうくんだったの？
そうかあ。ごかいがとけてよかったあ。」

一花《いちか》ちゃんは安心《あんしん》した顔《かお》になると続《つづ》けた。

「わたしこそ、ごめんね。レイカちゃんたちまでおこっちゃって、ゆめちゃんに話《はな》しかけにくくなって。」

「ううん、いいの。もともとは、わたしが悪《わる》いんだし。わたし、一花《いちか》ちゃんと仲《なか》なおりできれば、それだけでいい。」

「ゆめちゃん。ありがとう。このまんが、宝物《たからもの》にするね。」

「それでね。おわびに、これもあげる。」

わたしは本《ほん》を差《さ》し出《だ》した。

「『ゆめのフェアリーブック』！　いいの？　わあ、サイン入《い》りだ！　どうしたの、これ？」

「こんにちは！」

わたしのうしろから、絵子《えこ》ちゃんが顔《かお》を出《だ》した。

「いとこの絵子《えこ》ちゃん。さっきまで知《し》らなかったんだけど、まんが家《か》の西美枝子《にしみえこ》先生《せんせい》だったの。」

「ええ〜！　すごい！　じゃあ、ほんとうにゆめちゃんがモデルだったんだ？　わああ、プロのまんが家《か》さんに会《あ》えるなんて、かんげき！」

「一花《いちか》ちゃんもまんがが好《す》きなの？」

絵子《えこ》ちゃんが聞《き》いた。

「だ、大好《だいす》きです！　あの、今度《こんど》、原画《げんが》を見《み》せてください！」

いつもおとなしい一花《いちか》ちゃんが、すごくこうふんしている。

「いいわよ。じゃあ、今度《こんど》の日曜日《にちようび》、ふたりをわたしの仕事《しごと》場《ば》にご招待《しょうたい》するわ。」

「ほんとうですか？」

「やったあ！」

ふたりで手《て》を取《と》りあって、
飛《と》びはねちゃった。
仲《なか》なおりもできたし、
生《う》まれて初《はじ》めて
まんがもかけたし、
きょうは、ほんとに
とってもいい日《ひ》。
絵子《えこ》ちゃん、
一花《いちか》ちゃん、
ありがとう。

次《つぎ》の日曜日《にちようび》。わたしと一花《いちか》ちゃんは、絵子《えこ》ちゃんの仕事場《しごとば》に連《つ》れていってもらって、まんがをかくところを見《み》せてもらった。

「まんがって、どうやってかくんですか？」

一花《いちか》ちゃんが聞《き》く。ふたりとも、きょうみしんしん。

「まず、これがまんがの道具《どうぐ》ね。基本的《きほんてき》には原稿用紙《げんこうようし》と下書《したが》き用《よう》のえんぴつとそれを消《け》す消《け》しゴム。つけペンとインク、じょうぎ、修正用《しゅうせいよう》のホワイトがあればいいわ。あとスクリーントーン。これは、もようが印刷《いんさつ》してあるシートで、原稿《げんこう》にはるのよ。」

絵子《えこ》ちゃんが、道具《どうぐ》を見《み》せて説明《せつめい》してくれる。

スクリーントーン
SKETCH BOOK

「いまは、ぜんぶデジタル、つまりパソコンでかく人《ひと》も多《おお》いのよ。」

「へえ、パソコンでもかけるんだ。」

「まんがはね、まずかきたいテーマやお話《はなし》、キャラクターを考《かんが》えるの。そして、考《かんが》えがまとまったら、それをネームにする。」

「ネーム？」

「かんたんな絵《え》で、ざっと最後《さいご》までかいた、まんがの設計図《せっけいず》のことね。このとき、コマ割《わ》りとか画面構成《がめんこうせい》を決《き》めて、それを出版社《しゅっぱんしゃ》の担当《たんとう》の編集者《へんしゅうしゃ》さんに読《よ》んでもらって打《う》ちあわせして、改善点《かいぜんてん》があったら、かき直《なお》すのよ。」

絵子《えこ》ちゃんがネームを見《み》せてくれた。えんぴつでラフにセリフや絵《え》がかいてある。

「このネームにOK《オーケー》が出《で》たら、下書《したが》きに入《はい》る。これがまた、たいへんなのよ。主人公《しゅじんこう》たちにどんな服《ふく》を着《き》せるか、背景《はいけい》はどんなふうにするか。絵《え》の参考《さんこう》にするために、資料《しりょう》を集《あつ》めたり、自分《じぶん》で風景写真《ふうけいしゃしん》を撮《と》りに行《い》ったりもするの。」

「そうだよね。決《き》めることがいっぱい！」

思《おも》わず、さけんじゃう。

「たとえば映画《えいが》なら、脚本《きゃくほん》を考《かんが》える人《ひと》がいて、監督《かんとく》やカメラマンがいる。背景《はいけい》は美術《びじゅつ》のセットを作《つく》る人《ひと》がいて、演《えん》じる俳《はい》優《ゆう》さんがいて、その衣装《いしょう》を用意《ようい》する人《ひと》、メイクする人《ひと》、照明《しょうめい》さん、ほかにも、たくさんのスタッフがいる。」

「うん。」

「でも、まんが家《か》は、そういう、ありとあらゆることを、すべて自分《じぶん》ひとりで決《き》めて、やらなくちゃならないのよ。」

「わあ、たいへん。読《よ》むのはあっという間《ま》だけど、まんがって、ものすごく手間《てま》と時間《じかん》がかかっているんだ。」

「そうよ。だから、まんが家《か》になりたいなら、まんがを読《よ》むだけじゃなく、いろんなことに興味《きょうみ》を持《も》って、いろんなことを勉強《べんきょう》しなくちゃね。」

絵子《えこ》ちゃんがやさしくほほえんだ。

「うわ〜、なんだかむずかしそう。わたしでもまんが家《か》になれるかなあ？」

「なれるわよ。」

絵子《えこ》ちゃんが笑《わら》う。

「でも、クラスでも、わたしより絵《え》のうまい人《ひと》も作文《さくぶん》がじょうずな人《ひと》も、勉強《べんきょう》ができる人《ひと》も、たくさんいるし。」

「あら、それを言《い》ったら、わたしよりうまいまんが家《か》さんは、それこそたくさんいるわよ。でも、それで、いちいち落《お》ちこんでいたら、なにもできなくなるでしょ？　人《ひと》とくらべちゃだめなの。だから、わたしは、自分《じぶん》にしかかけないまんがをかけばいいって思《おも》ってる。人《ひと》とちがう線《せん》、人《ひと》とちがう視《し》点《てん》になるよう工夫《くふう》する。」

「自分《じぶん》にしかかけないまんがかあ。」

「むずかしく考《かんが》えなくてもいいの。人《ひと》はみんなちがうんだから、ゆめにだって、自分《じぶん》にしかかけないまんがをかけるはずなのよ。」

「そうか！」

その言葉《ことば》に、なんだか、すごくやる気《き》がわいてきた。

「ねえ、絵子《えこ》ちゃん、また遊《あそ》びに来《き》てもいい？　まんがのかきかたを、もっと教《おし》えてくれる？」

「いいわよ。ゆめはわたしの恩人《おんじん》だもの。でも、どうせ来《く》るなら、まんがをかくお手伝《てつだ》いをしてみない？」

「え？　いいの？　わあ、やってみたい！」

「じゃあ、ゆめをわたしのアシスタント第一号《だいいちごう》に任命《にんめい》します。」

「うわあ、やったあ！」

「ゆめちゃん、すご〜い！」

わたしと一花《いちか》ちゃんは、手《て》をつないでぴょんぴょん飛《と》びはねちゃった。

こうして、わたしはまんが家《か》のアシスタントになったの。

それから、ときどき、日曜日《にちようび》に絵子《えこ》ちゃんのお手伝《てつだ》いをしに行《い》っているんだ。

クラスでは、一花《いちか》ちゃんがわたしと仲《なか》なおりしたことをレイカちゃんに話《はな》してくれて、仲間《なかま》はずれはなくなったんだよ。

一花《いちか》ちゃんとは、いつも、まんがの話《はなし》でもりあがって、前《まえ》よりずっと仲《なか》よしになっちゃった。

ぜんぶ、まんがのおかげなんだ。

「絵子《えこ》ちゃん、四コマまんがをかいたの。見《み》てくれる?」

日曜日《にちようび》。きょうもアシスタントのお仕事《しごと》の日《ひ》。

わたしは、ママからあずかった差《さ》し入《い》れのケーキを持《も》って、また、絵子《えこ》ちゃんの仕事場《しごとば》をたずねた。

絵子《えこ》ちゃんに影響《えいきょう》されて、わたし、あれから、四コマまんがをせっせとかいているんだ。

ねこのもなかが主人公《しゅじんこう》なんだよ。

「あら、すごいわね。もちろん、いいわよ。」

絵子《えこ》ちゃんが、わたしの手《て》から、スケッチブックを受《う》けとって、ページをめくる。

どうかな? おもしろいかな?

なんだかドキドキしちゃう。

「へえ、タイトルは『もなかのおなか』っていうんだ。いいじゃない。」

「ほんと？」

「うん。それに、ゆめはギャグのセンスがあると思《おも》うな。笑《わら》えて、人《ひと》を楽《たの》しい気分《きぶん》にさせるまんがを目指《めざ》すといいわよ。」

「うん。そうする！　やったあ。ほめられちゃった！」

すっごく、うれしい。

「そう、まんが家《か》になりたいなら、まず大切《たいせつ》なことは、こういうふうに自分《じぶん》の手《て》を動《うご》かして、かいてみることよ。まんがって、かけばかくほどおもしろくなってくるし、読《よ》むときも、前《まえ》よりもっとまんがを深《ふか》く楽《たの》しめるようになるわよ。」

「うん。自分《じぶん》でかいてみたらね、まんがの読《よ》みかたがかわったよ。ああ、ここのセリフがじょうずだなあとか、かいている人《ひと》の視点《してん》も想像《そうぞう》できるようになってきたよ。」

「へえ、すごいじゃない！」

「絵子《えこ》ちゃん、いえ、先生《せんせい》がいろいろ教《おし》えてくれたおかげです。」

「ふふ、いまからがんばれば、きっとデビューできるわよ。」

「ああ、そうなったらいいな。そして、いつか、このもなかのまんがでデビューして、それがアニメ化《か》されて、もなかグッズも作《つく》れたらいいな〜。」

夢《ゆめ》が広《ひろ》がって、想像《そうぞう》すると、うっとりしちゃう。

「日本中《にほんじゅう》にもなかグッズがあふれるの。ぬいぐるみとかキーホルダーとか、シールとかノートとか。自分《じぶん》がほしい！」

「あら、日本中《にほんじゅう》じゃなくて、世界中《せかいじゅう》かもよ？」

「え？」

絵子《えこ》ちゃんが、いたずらっぽく笑《わら》うと言《い》った。

「日本《にほん》のまんがは世界中《せかいじゅう》で人気《にんき》なのよ。まんが本《ぼん》はアジア、ヨーロッパ、アメリカで翻訳《ほんやく》されて発売《はつばい》されているし、まんが原作《げんさく》のアニメや実写映画《じっしゃえいが》も世界中《せかいじゅう》で公開《こうかい》されているのよ。」

「うわ〜、ほんと？　すご〜い。」

わたし、大《だい》こうふん。

「じゃあ、もしかしたら、もなかも世界中《せかいじゅう》で有名《ゆうめい》になっちゃったりして？」

「かもね。」

「じゃあ、じゃあ『ゆめのフェアリーブック』だって、ハリウッドで映画化《えいがか》されちゃうかも！」

「ふふふ。そうなったらすごいわね。」

絵子《えこ》ちゃんが笑《わら》った。

「絵子《えこ》ちゃん、大金持《おおがねも》ちになっちゃうかも！　ねえ、そしたら、わたしにパフェをごちそうしてね！」

「あら、パフェだけでいいの？」

絵子《えこ》ちゃんが声《こえ》をあげて笑《わら》った。

「でもね、ゆめ、プロのまんが家《か》になったら、それよりもっともっと、すごいこと、うれしいことがあるんだから。」

「え？　なに？　どんなこと？」

わたし、びっくりして聞《き》き返《かえ》した。

「海外《かいがい》で映画化《えいがか》されるより、大金持《おおがねも》ちになるより、うれしいことがあるの？」

どんなことだろ、ワクワクしちゃう。

「うん。わたしがまんが家《か》になっていちばんうれしかったことはね、わたしの作品《さくひん》を読《よ》んだ読者《どくしゃ》がおもしろかったと言《い》ってくれることよ。」

「え？」

『なんだ。そんなことか。』って顔《かお》してる。」

「あ、やだ。」

図星《ずぼし》。わたしはテレて頭《あたま》をかく。

「だって、プロとしてまんがをかきはじめたころは、ほんとうに自信《じしん》がなくて、だれかが、わたしのまんがを読《よ》んでくれるってことすら想像《そうぞう》もできなかったのよ。」

「え、絵子《えこ》ちゃんみたいに絵《え》がうまくても自信《じしん》がないの？」

すごくおどろいた。

「ないわよ。だって、本屋《ほんや》さんに行《い》くと、ほんとうにたくさんのおもしろいまんががあるでしょ？　その中《なか》から、自分《じぶん》のまんがを選《えら》んで、しかも、お金《かね》を出《だ》して買《か》ってくれる人《ひと》がいるなんて思《おも》えなかったの。」

「でも、絵子《えこ》ちゃんのまんがは、ほんとうにおもしろいよ！」

「ゆめ、ありがとう。でも、いまだって、毎日《まいにち》、毎日《まいにち》、自分《じぶん》ひとりで、コツコツかいていると、ほんとうにこれでいいのかかな？　おもしろいかな？　だれかの心《こころ》にひびくのかな？　って心配《しんぱい》になっちゃうのよ。だから、読者《どくしゃ》の感想《かんそう》ほどうれしいものはないの。」

「そうなんだ……。」

「わたしはね、仕事《しごと》って、自分《じぶん》にできることで、だれかを喜《よろこ》ばせたり、だれかの役《やく》に立《た》つことだって思《おも》ってるの。」

絵子《えこ》ちゃんがやさしく言《い》った。

「ゆめも大好《だいす》きな人《ひと》を喜《よろこ》ばせたり、その人《ひと》の役《やく》に立《た》てたらうれしいでしょ？」

「うん。わかる。わたしのまんがを一花《いちか》ちゃんが読《よ》んで笑《わら》ってくれたとき、すごくすごくうれしかったもん。」

「ね？　だから、わたしのまんがでだれかが喜《よろこ》んでくれたら、わたしもだれかの役《やく》に立《た》てたんだって思《おも》えるじゃない？」

「そうかあ。」

「まんが家《か》はね、作品《さくひん》を通《とお》して、自分《じぶん》がだれかにつたえたいことをかくでしょ？　最初《さいしょ》は、自分《じぶん》ひとりの頭《あたま》の中《なか》にあったことが、会《あ》ったこともないだれかの心《こころ》にとどく。それってもう、奇跡《きせき》みたいなものじゃない？」

「そうだね。絵子《えこ》ちゃんが考《かんが》えて、かいてくれなかったら、わたしもまんがのゆめちゃんに会《あ》えなかったんだもんね。まんがのゆめちゃんは、もう、わたしの心《こころ》の親友《しんゆう》だし！」

「ほら、わたしの手《て》をはなれて、まんがの主人公《しゅじんこう》がだれかの人生《じんせい》によりそっているなんて、それこそかんげきだなあ。」

「うん。それっていちばんすごいことかも。」

「でしょ？　まんがって作者《さくしゃ》と読者《どくしゃ》の心《こころ》を結《むす》んでくれる魔法《まほう》のリボンみたいね。」

そう言《い》うと、絵子《えこ》ちゃんが、サイダーみたいにはじける笑顔《えがお》を見《み》せてくれた。

「ゆめみたいな子《こ》どもたちが、わたしのまんがを楽《たの》しんでくれて、主人公《しゅじんこう》みたいに強《つよ》くてやさしい女《おんな》の子《こ》になりたいって言《い》ってくれる。それだけで、わたしはすごくすごく幸《しあわ》せよ。」

わあ、いいなあ。そう言《い》える絵子《えこ》ちゃんが、すっごくステキで、ドキドキしてくる。

そして、そんな絵子《えこ》ちゃんを見《み》ていたら、わたしも、ますますまんが家《か》になりたくなってきちゃった。

わたし、天海《あまみ》ゆめ。小学《しょうがく》三年生《ねんせい》だけど、プロのまんが家《か》のアシスタントをしながら、まんが家修業中《かしゅぎょうちゅう》です！

そう、夢《ゆめ》があるってほんとに楽《たの》しいね。

苦手《にがて》なことだって、まんがの参考《さんこう》になるかもって思《おも》うと、
好奇心《こうきしん》いっぱいで前向《まえむ》きでいられるし。

いまは、下書《したが》きのえんぴつに消《け》しゴムをかけたり、かんたんなお手伝《てつだ》いしかできないけど、でも、いつか、きっと夢《ゆめ》をかなえてみせるね。

そして、日本中《にほんじゅう》、ううん、世界中《せかいじゅう》の人《ひと》を笑顔《えがお》にしたい。

そのときは、わたしのかいたまんがを読《よ》んでね！

約束《やくそく》ね。

まんが家《か》の
まめちしき

まんが家《か》のお仕事《しごと》に
ちょっぴりくわしくなる
オマケのおはなし

おしごとのおはなし

まんが家《か》って、どんなお仕事《しごと》？

まんが家《か》のお仕事《しごと》は、絵《え》をかくことだけではありません。かきたいテーマやおはなし、キャラクターなどを考《かんが》え、なにもないところから作品《さくひん》を生《う》みだしていきます。

一枚《まい》の紙《かみ》と一本《ぽん》のペンで、世界《せかい》を表現《ひょうげん》していくわけですね。

絵子《えこ》ちゃんが、月刊誌《げっかんし》「コサージュ」で「ゆめのフェアリーブック」を連載《れんさい》していたように、まんが家《か》の多《おお》くは、まんが雑誌《ざっし》に作品《さくひん》を発表《はっぴょう》しています。

作品《さくひん》づくりは、ネームを考《かんが》えるところから始《はじ》まり、下書《したが》き、ペン入《い》れと、作業《さぎょう》が進《すす》んでいきます。まんが雑誌《ざっし》で連載《れんさい》している場合《ばあい》には、編集部《へんしゅうぶ》の担当者《たんとうしゃ》と打《う》ちあわせをくりかえし、どうすれば、よりよい作品《さくひん》になるかいっしょに考《かんが》えていきます。

そして、ときにアシスタントの力《ちから》をかりながら、作品《さくひん》をしあげていきます。

ふだん、なにげなく読《よ》んでいるまんがの一ページには、たくさんの時間《じかん》と思《おも》いがつまっているのです。

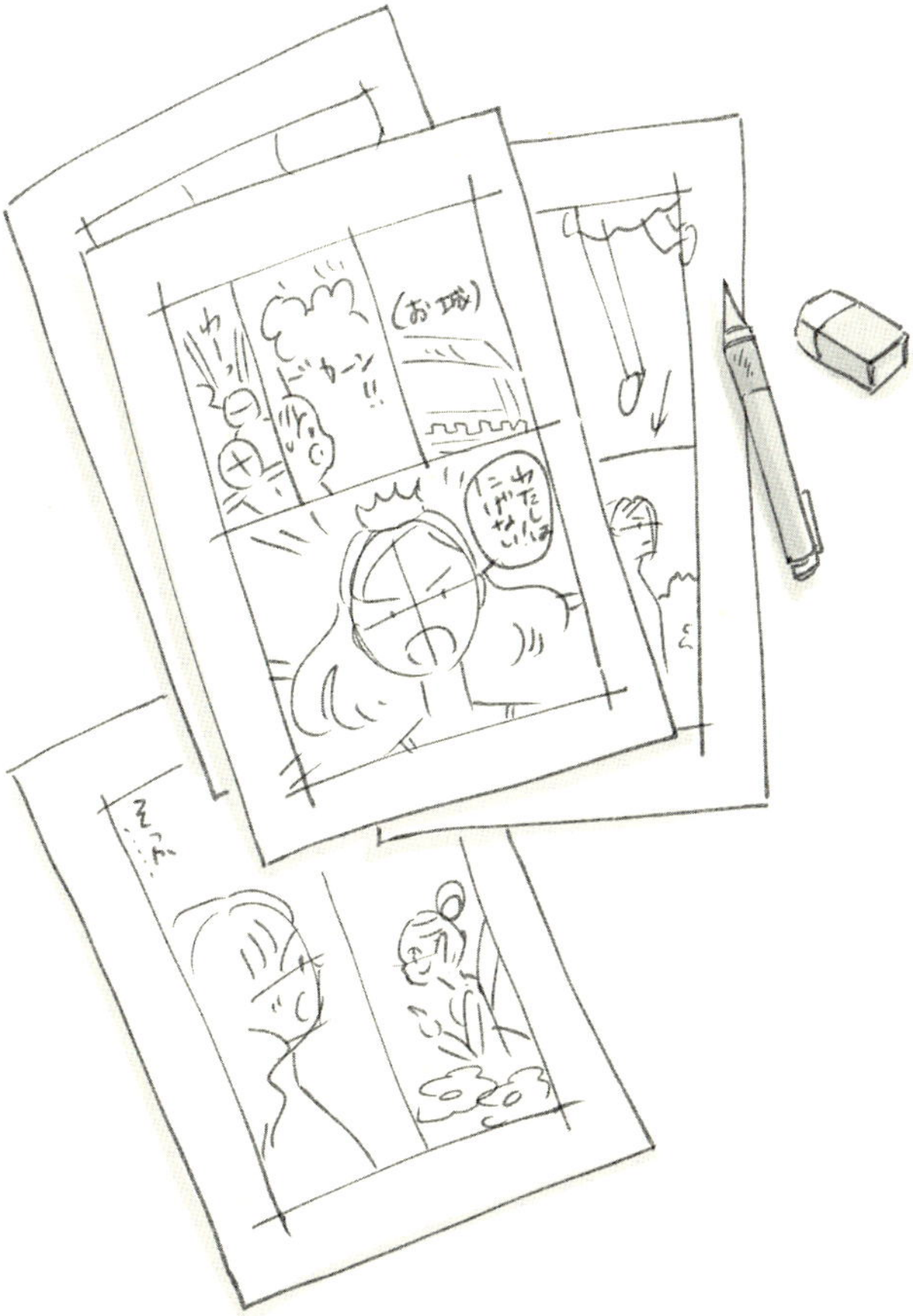

どんな人《ひと》がまんが家《か》にむいている？

まんが家《か》になったら、一日何時間《いちにちなんじかん》も机《つくえ》にむかって、絵《え》をかきつづけなければなりません。

だから、ほんとうに絵《え》をかくのが好《す》きで、好《す》きなことのためには、たくさんがんばれる人《ひと》がむいているでしょう。

また、まんが家《か》には、絵《え》のうまさだけでなく、人《ひと》とちがう線《せん》、人《ひと》とちがう視点《してん》でかけるオリジナリティが求《もと》められます。

自分《じぶん》にしかかけないまんがをかくためには、いろんなことに興味《きょうみ》をもって、いろんなことを勉強《べんきょう》していくことがだいじです。

まんが家《か》になるには?

まんが家《か》として、まんが雑誌《ざっし》でデビューするためには、作品《さくひん》を新人賞《しんじんしょう》に応募《おうぼ》したり、出版社《しゅっぱんしゃ》に持《も》ちこんだりします。

まんが家《か》になるには、とくべつな資格《しかく》はいりませんが、たくさんの応募《おうぼ》や持《も》ちこみのなかから、デビューを勝《か》ちとるだけの実力《じつりょく》が必要《ひつよう》となります。

また、まんが家《か》をめざす人《ひと》のための専門学校《せんもんがっこう》に通《かよ》ったり、ゆめちゃんのようにプロのまんが家《か》のアシスタントになったりして、力《ちから》をつけていく人《ひと》も多《おお》いです。

いきなりデビューすることはむずかしいかもしれませんが、なんども挑戦《ちょうせん》するうちに力《ちから》が認《みと》められれば、担当者《たんとうしゃ》がつき、二人三脚《ににんさんきゃく》で、デビューにむけて作品《さくひん》をつくりあげていくことになります。

小林深雪｜こばやしみゆき

作家。埼玉県出身。武蔵野美術大学卒。青い鳥文庫、YA! ENTERTAINMENT（いずれも講談社）などに著書があり、10代の少女の人気を集める。エッセー集『児童文学キッチン』、童話『白鳥の湖』のほか、漫画原作も多数手がける。2006年に、『キッチンのお姫さま』（「なかよし」掲載）で講談社漫画賞を受賞。

今日マチ子｜きょうまちこ

漫画家。東京都出身。東京藝術大学美術学部卒。セツ・モードセミナー卒。2004年より、ブログに『センネン画報』を発表。文化庁メディア芸術祭審査委員会推薦作品に４度選出。2014年に、手塚治虫文化賞新生賞、2015年に、日本漫画家協会賞カーツーン部門大賞を受賞。近著に『ぱらいそ』『百人一首ノート』『猫嬢ムーム』など。

ブックデザイン／脇田明日香

巻末コラム／編集部

おしごとのおはなし　まんが家《か》

ゆめはまんが家《か》！

2017年11月15日　第1刷発行
2019年4月1日　第2刷発行

作　小《こ》林《ばやし》深《み》雪《ゆき》

絵　今日《きょう》マチ子《こ》

発行者　渡瀬昌彦

発行所　株式会社講談社

〒112-8001 東京都文京区音羽2-12-21

電話　編集 03-5395-3535　販売 03-5395-3625　業務 03-5395-3615

印刷所　株式会社精興社

製本所　島田製本株式会社

N.D.C.913 79p 22cm ©Miyuki Kobayashi / Machiko Kyo 2017 Printed in Japan ISBN978-4-06-220821-5